Erich Hackl

König Wamba

Ein Märchen
Mit Zeichnungen von
Paul Flora

Diogenes

Die Erstausgabe
erschien 1991 im Diogenes Verlag

Veröffentlicht als Diogenes Taschenbuch, 2000

80/00/36/1
ISBN 3 257 23026 5

1. Kapitel

Der König im Ameisenhaufen
Immer der Sonne nach

Vor Zeiten, als die Menschen beim Küssen noch die Augen offen hielten, zum Leuchten nur Glühwürmchen und Pechfackeln hatten und anfingen, sich von zu Hause fortzuträumen – vor eintausenddreihundertdreizehn Jahren also lebte in einem Land, dessen Name mir entfallen ist, das Volk der Goten. Die Goten waren groß und kräftig und hatten blaue Augen, da sie oft in den Himmel starrten. Sie wohnten in Häusern aus Stein, die flache Dächer trugen und jedes Frühjahr neu gekalkt wurden.

Alle Männer hatten Bärte – die Jäger und der Hofdichter, der Graf und der Herzog.

Doch ihr König, der Wamba hieß, besaß von allen den längsten Bart. Er reichte ihm bis zu den Füßen, und im Schlaf lachte der König, weil der Bart seine Sohlen kitzelte.

Tagsüber lachte Wamba nie. Er war viel zu beschäftigt damit, eine grimmige Miene aufzusetzen und wild mit den Augen zu rollen. Denn vor vielen Jahren, als er sich noch auf die Kunst des Zuhörens verstand, hatte er sich von einem Narren sagen lassen, daß Könige sehr einsame Männer seien. Und für einen einsamen Mann, dachte er, schickt es sich nicht, fröhlich zu sein.

Das ganze Jahr über trugen die Goten riesige Helme. Im Sommer, damit sie kühlen Kopf behielten. Im Winter, damit ihnen nicht der Verstand einfror. Doch einmal schien der Winter kein Ende zu nehmen. Meterhoch türmte sich der Schnee, die Federbuschen der Helme klirrten im Wind, vor den Mündern erstarrte der Atem zu Eis. Die Goten zitterten vor Kälte, und zitternd verfielen sie auf den Gedanken, dorthin zu ziehen, wo es wärmer war.

Besonders arg fror Teudegisel, der schmächtige Hofdichter. Immer wieder bat er den König, endlich aufzubrechen.

Aber davon wollte Wamba nichts wissen. Da er zwei linke Hände hatte, die eine links, die andere rechts, faßte er keine Arbeit an. Den ganzen Tag verbrachte er im Speisesaal seines Palastes, in dem tüchtig geheizt wurde, die Diener kamen vor lauter Brennholzsammeln, Holzhacken, Feuermachen und Feuerschüren kaum zum Verschnaufen.

»Schlappschwanz«, sagte Wamba zu Teudegisel. »Schau mich an. Ich klage auch nicht über die Kälte, und dabei habe ich als König eine besonders dünne Haut.«

Da meldete sich der Graf zu Wort.

»Majestät«, krächzte er. »In einem anderen Land erleben wir tolle Abenteuer, bekränzen uns mit Ruhm und machen reiche Beute.«

Wamba schüttelte den Kopf.

»Reich bin ich sowieso. Und Kränze sind was für Gräber.«

Auch der Herzog wäre gern fortgezogen. Er hatte eine spöttische Frau, die es nicht litt, wenn er abends lange am Gartenzaun stand, ihr beim Tanzen auf die Zehen trat oder beim Geschirrspülen eine Tasse zerbrach.

Aber Wamba kannte kein Mitleid.

FLORA

»Vor einer Frau davonlaufen! Das wär ja noch schöner«, brummte er.

Nur Tulga, Hofarzt und Braumeister scheußlicher Arzneien, wußte, wie er den König herumkriegen konnte. Denn Wamba klagte über ein heftiges Ziehen in seinem rechten Bein. Außerdem hatte er Halsweh, weil er sich bei jeder Gelegenheit, und zwischen den Gelegenheiten, eiskaltes Bier in die Kehle goß.

Tulga untersuchte ihn umständlich. Er ließ sich die Zunge zeigen, betrachtete das Weiße der Augen, horchte zwischen Wambas Schulterblätter, klopfte ihm mit einem Hammer aufs Knie und leuchtete in beide Ohren. Dann kratzte er sich lange die Glatze.

»Tja«, sagte er endlich, während sich der König die Hosenträger überstreifte. »Eine klare Sache. Majestät leiden an Rheumatismus.«

»Dann sieh zu, daß ich wieder gesund werde«, sagte Wamba. »Schließlich bist du mein königlicher Hofarzt.«

»Da hilft nur ein Ortswechsel«, meinte Tulga. »Viel Sonne. Frische Luft. Mehr Bewegung. Dann sind Eure Majestät die Schmerzen im Handumdrehen los.«

»Papperlapapp«, sagte Wamba. »Du wirst mich hier gesund machen. Und zwar schnell.«

Tulga nickte ergeben.

»Ich will tun, was in meiner Macht steht.«

So machte sich der Hofarzt auf die Suche nach einem Heilmittel. Nach einigen Tagen entdeckte er an einer Lichtung zwischen hohen Tannen einen besonders prächtigen Ameisenhaufen mit eifrigen roten Waldameisen, die ihm für sein Vorhaben geeignet erschienen.

Inzwischen waren die Schmerzen des Königs so groß geworden, daß er heulend durch den Palast raste, in ein Kissen biß und daranging, die Wände hochzuklettern. Gerade in diesem Moment trat Tulga wieder vor ihn hin.

»Nun!« brüllte Wamba. »Hast du eine Medizin gefunden? Wenn nicht, laß ich dich hängen!«

Der Hofarzt verbeugte sich.

»Majestät«, sagte er, »nach den allerneuesten medizinischen Erkenntnissen schafft Ameisensäure Abhilfe bei Leibdrücken, Gliederreißen und Schluckbeschwerden. Wenn Ihr also die Güte habt, an jenem Ort Platz zu nehmen, den ich in unermüdlicher Sorge um Euer Wohl habe aufspüren können – –«

»Faß dich kurz«, schnauzte der König. »Her mit dem Ort!«

»Das ist leider nicht möglich«, sagte Tulga. »Ich kann den Ameisenhaufen doch nicht hierherbringen. Majestät müssen sich schon selbst hinbegeben.«

Er führte Wamba durch den Wald zur Lichtung und empfahl ihm, die Hose runterzulassen und sich mit nacktem Hintern mitten unter die Ameisen zu setzen. Drei Tage und drei Nächte sollte der König hier ausharren, dann wäre er geheilt.

Wamba folgte den Anweisungen seines Hofarztes, aber schon nach drei Minuten brannte sein königlicher Arsch wie Feuer.

»Einverstanden«, heulte er und klaubte sich die wütenden Ameisen vom Körper. »Ziehen wir fort, der Sonne nach. Dann wird mein Rheuma hoffentlich von selbst verschwinden.«

Tulga verschnürte seine Heilkräuter. Er war zufrieden. Hinter den Bergen, dort, wo die Sonne unterging, würden viele Kräuter wachsen. Kräuter, die er noch nicht kannte und aus denen er Arzneien brauen wollte, die noch viel bitterer schmeckten als alles, was er bisher gebraut hatte. Die gewöhnlichen Goten machten sich ans Packen. Sie stopften Reserveunterhose, Zahnbürste und Butterbrot in ihre Ranzen. Fünf Minuten später waren sie reisefertig. Herzog, Graf und Hofdichter hatten es da viel schwerer. Sie konnten sich von dem Gerümpel nicht trennen, das sich bei ihnen zu Hause angesammelt hatte.

Dem Herzog gehörten fünf fliederfarbene Hemden und sechs gefütterte Mäntel in Hechtgrau und Scharlachrot, eine Knickerbocker aus Wildschweinleder, sieben Paar Schnabelschuhe und zwei Paar Schaftstiefel.

Der Graf besaß drei Speere aus Sturmrohr, zwei Lanzen mit einem Knauf aus Eisenholz und eine Armbrust, die aus dem Stamm eines Armbrustbaums geschnitzt war.

Teudegisel hatte weit über hundert Papierrollen mit Gedichten über den Durst des Königs, die Frau des Herzogs, den Mut des Grafen, den Bartwuchs der Goten und das Erwachen des Frühlings vollgeschrieben. Das alles mußte korrigiert, kontrolliert, sortiert, archiviert und wasserdicht verpackt werden.

Als dies geschehen war, nach einer Woche, gab es neuen Streit. Denn der Herzog, der Graf und der Hofdichter konnten ihr Gepäck unmöglich selbst tragen: Sie waren dafür zu vornehm.

»Schließlich bin ich nach dem König der erste Edelmann«, sagte der Herzog näselnd.

»Immerhin bin ich der tapferste Krieger«, meinte der Graf.

»Als Dichter trage ich an meiner Dichtkunst schwer genug«, behauptete Teudegisel.

Also mußte jeder einfache Gote neben seinem eigenen Ranzen auch noch ein Gepäckstück der feinen Herren tragen. Der eine die Knickerbocker des Herzogs, der andere eine Lanze des Grafen und der dritte ein Frühlingsgedicht von Teudegisel.

Das meiste Gepäck hatte der König. Seine Flanellunterhosen und die silbernen Pantoffeln, der Hubertusmantel und das Zepter wurden auf den Rücken seines Pferdes geschnallt. Die Königskrone aber wollte Wamba auch während der Reise nicht abnehmen.

»Ein König ohne Krone ist wie ein Schnupfen ohne Nase«, sagte er.

Endlich war alles bereit zum Abmarsch. Wamba warf einen letzten Blick auf seinen Palast, zerdrückte heimlich eine Träne und stelzte würdevoll zu seinem Reitpferd. Nach einigen vergeblichen Versuchen kam er in den Sattel, hob die Hand und gab das Signal zum Aufbruch.

Voran ritt Wamba, ihm folgte Tulga, der seinen Arztkoffer an einem Riemen trug, dann kamen der Herzog, der Graf und Hofdichter Teudegisel, hinter ihnen marschierten die Jäger und Soldaten. Die Frauen und Kinder blieben im Dorf zurück, winkten ihnen lange nach und waren nicht unfroh, die tapferen Gesellen davonziehen zu sehen.

Die Reise war beschwerlich und lang. Abends rollten sich die Goten in ihre Mäntel, wischten sich morgens den

Tau aus den Bärten, gähnten, putzten sich die Zähne und zogen weiter, immer westwärts, der Sonne nach.

Sie marschierten durch wild zerklüftete Schluchten und über kahle Hochebenen, über die der Wind pfiff, wateten durch Sümpfe, kamen an ein salziges Wasser, das sich bis hinter den Horizont erstreckte, so daß sie in mühseliger Arbeit ein Schiff bauten, groß genug, sie alle, ihr Gepäck und Wambas Reitpferd aufzunehmen. Neunundsechzig Tage lang fuhren sie übers Wasser, die Hemden des Herzogs als Segel gehißt, ehe sie Land sahen.

Kaum hatten sie wieder festen Boden unter ihren Füßen, da zogen sie weiter, ernährten sich von Kräutern, Wurzeln, unbekannten Früchten, vom Fleisch der Büffel und Bären, die sie mit Lanze und Armbrust erlegten, schleppten sich in sengender Hitze und klirrender Kälte durch Wüsten und über Gebirge, gelangten wieder an die Küste eines unendlich großen Wassers, fällten Bäume und banden die Stämme zu einem Floß zusammen, setzten diesmal den Mantel des Königs als Segel und fuhren, länger noch als das erste Mal.

Nahe einer Küste gerieten sie in einen Orkan, das Floß zerschellte an den Klippen, sie wurden an Land gespült, auch das Pferd. Eine Woche lang erholten sie sich von den Strapazen und wuschen sich die Salzkristalle aus den Bärten, ehe sie weiterzogen.

Sie trotteten durch eine menschenleere Stadt aus grauem Stein und irrten durch die grüne Hölle eines Urwalds, wuschen sich im klaren Wasser eines Sees und lagerten am Fuß eines mächtigen Gebirges, dessen Gipfel höher waren als die höchste Wolke. Doch nach wenigen

Tagen hielt es die Goten nicht länger, und sie machten sich wieder auf den Weg, immer westwärts, der Sonne nach.

Ein verwunschenes Reich durchquerten sie, in dem sogar die Tiere fremde Laute von sich gaben. Die Katzen miauten »nyao-nyao«, der Kuckuck rief »kakko-kakko«, die Hähne krähten »kokeroko«. Und hochmütigen Reittieren begegneten sie, die größer waren als Wambas Pferd und zwei Buckel hatten, einen zum Reiten und den andern zum Ausruhen. In einem Fluß, der so schmal war, daß er nur ein Ufer hatte, schwammen Fische, die so scheu waren, daß sie sich hinter ihren eigenen Schuppen versteckten. Und über die Wiesen liefen Hasen, so schnell, daß man sie sofort vergaß, wenn man sie gesehen hatte. Aber selbst hier gefiel es den Goten nur einen Nachmittag lang.

Dann fanden sie einen Pfad, der steil bergan führte. Sie trafen keine Menschenseele, nur einmal, in der Ferne, sahen sie einen alten Schafhirten. Sein Hund verbellte die Goten und hätte um ein Haar den Grafen gebissen, der mit Steinen nach ihm warf.

Als sie den Gipfel des Berges erreichten, sahen sie vor sich, tief unter ihnen, ein Land mit grünen Wiesen und der blauen Windung eines Flusses, mit Bäumen, deren Blätter silbern flimmerten, und Äckern aus rötlichbrauner Erde. Und über allem glänzte die Sonne, die milde, wohlige Strahlen aussendete.

»Da gefällt's mir«, sagte Wamba. »Da unten wollen wir bleiben.«

Beim Abstieg kamen die Goten gehörig ins Schwitzen. Hunger und Durst plagten sie, von oben stach die Sonne auf ihre Köpfe, unten schmerzten die Füße.

Wamba lag vornübergebeugt, mit wundgerittenem Hintern, auf seinem Pferd, neben ihm humpelte Tulga, ein Taschentuch auf seinem Kopf verknotet. Teudegisel hielt sich am Schwanz des Pferdes fest, und der Graf stützte sich auf eine Lanze. Der Herzog mußte von zwei anderen Goten gestützt werden, da er viel zu enge Schuhe trug.

»Ein Dorf!« rief plötzlich Tulga. »Da vorne, ein Dorf!«

Diese Nachricht rüttelte Wamba aus seinem Halbschlaf. Er richtete sich kerzengerade auf und befahl seinen Untertanen, im Gleichschritt zu marschieren.

2. Kapitel

Ein König, ein Esel, ein Hahn und ein Kürbis
Wer keinen Bart hat, ist ein Diener

Das Dorf lag am Rand eines Waldes.

Die Häuser trugen flache Dächer, waren aus verschieden großen Steinen gemauert und weiß gekalkt, so daß die Augen schmerzten, wenn man länger hinsah. Seltsam vertraut erschien den Goten dieses Dorf, aber sie konnten sich nicht erinnern, woher sie es kannten.

So lange waren sie unterwegs gewesen, daß alle Finger an allen Händen nicht ausreichten, die Tage ihrer Reise zu zählen. Und irgendwann während des Sturms, der sie an Land warf, hatten sie auch vergessen, wo sie früher gelebt hatten. Nur eines vergaßen sie nicht: daß ihnen ihr Zuhause fremd geworden war.

Wamba ließ seine Untertanen auf dem Dorfplatz Aufstellung nehmen.

Er selbst zog seinen Bauch ein, dessen Umfang ohnehin unter den Entbehrungen der Reise gelitten hatte, und warf sich in die Brust.

Doch niemand zeigte sich. Nur aus den Häusern hörte man leises Schnarchen.

»Das ist ja ein starkes Stück«, sagte der Herzog und rümpfte die Nase. »Die schlafen am hellichten Tag.«

Erst nachdem die Goten an Türen geklopft und gerufen hatten, kam Leben in das Dorf. Die Bewohner freuten sich über den unerwarteten Besuch, und einige machten sich daran, Essen für die Reisenden zu kochen, und wieder andere brachten ihnen Krüge mit Wein und Wasser.

Die Neuankömmlinge sahen nur Frauen und Kinder, die glatte Gesichter hatten, ohne den geringsten Anflug von Flaum, selbst der bloße Schatten eines Bartes fehlte ihnen. Die Goten erfaßte eine seltsame Unruhe beim Anblick der vollen Lippen, rot wie Blut, die nicht hinter dem Gestrüpp von Haaren verschwanden, ein angenehmes Prickeln angesichts der nackten Wangen und verführerischen Grübchen – sie konnten sich daran nicht sattsehen.

Die Frauen, die sie bewirteten, trugen wohlklingende Namen: Bella und Onoba, Salduba und Malaka. Sie waren vom Aussehen der Fremden nicht minder verblüfft, bestaunten deren Bärte und sprachen bei sich: Gott schenkt dem einen Bart, der kein Kinn hat.

Vor langer Zeit waren ihre Männer fortgezogen, und da die Frauen ihnen keine Träne nachgeweint hatten, hatte es nicht lange gedauert, bis sie ihr früheres Leben an der Seite dieser Männer vergessen hatten.

Es kümmerte sie nicht weiter, daß Wamba beschlossen hatte, sich in ihrem Dorf niederzulassen. Sie wiesen den Goten das stattlichste Haus zu, geräumig genug, sie alle aufzunehmen. Die Strohsäcke waren weich und dufteten nach frischem Heu, so daß die Fremden tief und traumlos schliefen.

Trotzdem waren sie auch am nächsten Morgen noch erschöpft von ihrer langen Reise. Und tags darauf. Noch eine ganze Woche lang. Und noch eine Woche, und eine dritte.

FLORA

Sie verwarfen jeden Gedanken daran, selbst für ihren Unterhalt zu sorgen, sondern ließen sich von den Bewohnern verpflegen. Die Frauen störte das nicht.

Bella, die Schneiderin, sagte: »An ihrer Stelle wäre ich auch froh, wenn ich nicht sofort arbeiten müßte.«

So gingen sie für die Goten auf Jagd, melkten Kühe und Ziegen und backten Brot.

Mit der Zeit erholten sich die Männer. Die Blasen an den Füßen des Herzogs verschwanden, und der wunde Hintern des Königs heilte. Doch die Goten machten keine Anstalten, an die Arbeit zu gehen.

Stundenlang saßen sie vor ihrem Haus, dösten in der Sonne oder blinzelten hinüber zur Windmühle, wo manchmal die hübsche Onoba auftauchte, einen schweren Mehlsack geschultert. Selbst Tulga, der früher unermüdlich nach frischen Heilkräutern gefahndet hatte, rührte keinen Finger.

»Ich will mir doch keinen Hitzschlag holen«, sagte er. »Wozu sind denn die Frauen da.«

Für Wamba verstand es sich von selbst, daß er bedient wurde. Er saß in einem komfortablen Liegestuhl und verscheuchte mit seinem Zepter die Fliegen. Teudegisel hockte neben ihm am Boden und polierte die Königskrone.

Als ein Mädchen, mit Brennholz beladen, vorüberlief, winkte Wamba es heran.

»Ich möchte euren König sprechen«, sagte er. Es schien ihm hoch an der Zeit, ein Gespräch unter Kollegen zu führen. Außerdem plagte ihn die Ungewißheit, welche Krone wohl majestätischer funkelte – die seine oder die des anderen Königs.

»König?« fragte das Mädchen. »Was ist denn das?«

Da blieb Wamba die Spucke weg. Noch nie war er jemandem begegnet, der nicht wußte, was ein König sei.

Tina, so hieß das Mädchen, überlegte, was Wamba gemeint haben könnte. Vielleicht, dachte sie, nennen die Goten die Esel Könige. Oder die Hühner. Oder die Kürbisse.

Sie lief nach einem Esel, führte das störrische Tier mit viel Mühe dem Gotenherrscher vor und fragte: »Ist das ein König?«

»Das ist kein König!« rief Wamba. »Das ist ein Esel!«

Da brachte Tina einen Hahn: »Ist das ein König?«

Wamba wurde ungehalten: »Das ist ein Gockel und kein König!«

Zuletzt zeigte ihm das Mädchen einen Kürbis. »Vielleicht ist das ein König.«

»Das ist ein Kürbis!« schrie Wamba und fuchtelte erregt mit seinem Zepter.

Tina fragte alle anderen im Dorf, doch keine der Frauen konnte sich erinnern, das Wort je gehört zu haben.

»Wir kennen keinen König«, sagte die Müllerin. »Wir haben keinen König.«

»Das ist ja unerhört«, zischte der Herzog. Und dann sagte er: »Aber einen Herzog werdet ihr doch haben!«

Nein, im Dorf gab es auch keinen Herzog. Noch einen Grafen. Nicht einmal einen kleinen, schmächtigen Hofdichter gab es.

»Wer gibt denn dann Befehle«, schnarrte der Graf.

»Wie? Befehle?«

Die Frauen verstanden nicht.

Da seufzte Wamba tief auf.

»Gut, daß wir gekommen sind«, sagte er. »Jetzt bekommt ihr endlich einen König. In meiner übergroßen Güte ernenne ich euch hiermit zu meinen Untertanen.«

Den Frauen gefiel das gar nicht. Sie waren zufrieden mit ihrem bisherigen Leben und sahen keinen Anlaß, es zu ändern.

»Das tut nichts zur Sache«, sagte Wamba. »Ihr seid meine Untertanen und müßt uns Goten dienen.«

Den Frauen und Kindern blieb vor Überraschung der Mund sperrangelweit offen. Tina klappte ihn als erste zu. Sie schluckte, dann sagte sie: »Und warum?«

»Was für eine Frage!« rief Wamba. Und da er keine Antwort wußte, befahl er Teudegisel: »Erkläre du es ihnen.«

Der Hofdichter räusperte sich, während er sich das Gehirn zermarterte. »Äh«, machte er, und noch einmal: »Äh«, bis ihm endlich etwas einfiel. »Ihr müßt uns bedienen, weil ihr keinen Bart habt. Es ist nämlich so: Die Herren haben Bärte, und die Diener sind bartlos.«

Die Frauen strichen sich übers glatte Kinn. Keiner war je ein Bart gewachsen, wenn man von den drei Borsten absah, die auf Saldubas Warze sprossen.

Die Goten dagegen waren bärtige Gesellen. Von Wambas langem Bart war schon die Rede. Der Herzog hatte den zweitlängsten, er reichte ihm bis zu den Knien. Deshalb nannte er sich auch: Herzog Kniebart. Der Graf konnte sich mit seinem Bart den Nabel pinseln. Das beruhigte ihn. Tulga trug den Bart bis zur Brust.

»Das ist gesund«, sagte er. »Hält die Lunge warm.«

Die anderen Goten hatten kürzere Bärte. Teudegisel zum Beispiel trug nur einen Schnurrbart, an dem er zupfte, wenn er über einem Gedicht brütete. Da er immer über einem Gedicht brütete, sah sein Bart recht zerfleddert aus.

Die Frauen steckten die Köpfe zusammen. Teudegisels Erklärung leuchtete ihnen ein.

»Dann müssen wir wohl gehorchen«, sagte Bella.

Onoba nickte traurig. Aber gleich darauf zuckte sie mit den Achseln.

»Es wird schon nicht so schlimm werden«, sagte sie.

Und Malaka, die Scherenschleiferin, meinte: »Wir werden es schon schaffen.«

Anfangs schien sie recht zu behalten. Den Frauen blieb es zwar nicht erspart, dreimal täglich für die Goten zu kochen. Aber im übrigen konnten sie tun und lassen, wonach ihnen der Sinn stand.

Doch dann fanden die Fremden an den Mahlzeiten allerhand auszusetzen. Wamba verlangte Wildschweinbraten statt Ziegenfleisch, der Herzog wünschte Gänseleber zu speisen, der Graf eine gebratene Taube. Der vierte wollte Fisch ohne Gräten und der fünfte Datteln ohne Kerne.

Die Frauen kamen mit der Arbeit nicht nach. Den ganzen Tag waren sie auf den Beinen, um die Wünsche der Herren zu erfüllen. Selbst zu Mittag, wenn die Sonne herunterbrannte, hetzte Malaka zum Fluß, Fische zu angeln, und Tina mußte in den Wald, für Tulga Kräuter sammeln; zwei andere schafften es kaum, die Türme von Tellern abzuwaschen.

Und es kam noch schlimmer.

Eines Tages mißfiel Wamba die bisherige Unterkunft. Er wollte einen richtigen Königspalast haben, mit schweren Eichentüren, einer kühlen Diele, gemütlichem Plumpsklo und eleganter Freitreppe hinauf in den ersten Stock, den er allein zu bewohnen gedachte. Die anderen Goten sollten sich das Untergeschoß teilen. Damit die Arbeit schnell vorangehen konnte, kommandierte der König das halbe Dorf zum Bau ab.

Die Frauen mußten Steine schleppen, Fundamente ausheben, Sand und Wasser vom Fluß holen, Türstöcke zimmern und Bodenbretter hobeln. Wamba überwachte höchstpersönlich den Fortgang der Arbeiten.

Der Herzog wünschte sich neue Kleider. Sechs Jacken gab er bei der Schneiderin in Auftrag, fünf Hemden und vier Halskrausen aus geripptem Taft, drei Hosen, zwei Paar Lederpantoffeln und ein geblümtes Nachthemd.

Der Graf verlangte eine Steinschleuder und Teudegisel echte Elefantenhaut für seine Gedichte.

Um allen Befehlen nachzukommen, nähten, sägten und hämmerten die Frauen bis spät in die Nacht, im flackernden Schein einer Fackel, und sie erhoben sich von ihrem Lager, noch ehe der erste Hahn krähte.

Vor Erschöpfung und Wut kamen ihnen die Tränen. Aber die Goten kannten kein Erbarmen.

»So ist das nun mal«, sagte Wamba. »Wer keinen Bart hat, muß hart arbeiten.«

Da wollten auch die Frauen zu Bärten kommen. Heimlich liefen sie vors Dorf, sammelten Brennesseln und Bockshornklee, kochten die Blätter und tranken den Sud. Aber kein einziges Barthaar wuchs ihnen. Sie versuchten es mit Honig, den sie sich ins Gesicht spachtelten, und mit Hühnerdreck, sonst ein todsicheres Bartwuchsmittel. Aber nichts half.

3. Kapitel

Falsche Bärte kitzeln
Ein hungriger Hofdichter verrät alles

Eines Morgens ging sich Tina waschen. Sie hatte Onoba, der hübschen Müllerin, bei der Arbeit geholfen, und jetzt waren Gesicht und Hände weiß bestäubt von Mehl.

Als sie sich über den Brunnen beugte, sah Tina ihr Spiegelbild im Wasser. Stupsnase, Grübchen am Kinn, auf der Stirn ein Muttermal. Die Haare fielen nach vorn, über ihre Wangen, und es sah aus, als hätte sie einen Bart.

Sie wischte sich zwei nasse Haarsträhnen von links und rechts ins Gesicht, zog eine Schnute, klemmte die Strähnen zwischen Nase und Oberlippe ein. Da kam ihr eine Idee, und sie lief schnurstracks zur Windmühle, um Onoba in ihr Geheimnis einzuweihen. Onoba erzählte es der Schneiderin, und die flüsterte es Salduba ins Ohr, die den Gedanken gar nicht dumm fand und es Malaka weitersagte, der Scherenschleiferin. Am Abend wußten alle Frauen und Kinder Bescheid.

In den nächsten Tagen schnitten sie sich die Haare, immer nur die Spitzen, damit die Goten keinen Verdacht schöpften.

Nach ein paar Wochen hatten sie einen großen Vorrat an Haaren angelegt. Da begannen sie, aus den Haaren falsche Bärte zu flechten, was ihnen viel Mühe abverlangte. Zuletzt zogen sie noch eine Schnur durch jeden Bart und banden sich die Bärte um.

Sie zupften daran und schoben sie so lange zurecht, bis jeder Bart wie angewachsen saß.

Am nächsten Morgen erwachte der Herzog als erster. Er war gut gelaunt, hatte er doch von sich selbst geträumt. Im Traum war er in einem Hemd aus reinem Damast durch einen riesigen Tanzsaal geschwebt, und er nahm sich vor, gleich nach dem Frühstück bei der Schneiderin ein Damasthemd in Auftrag zu geben.

Vorher aber machte er Katzenwäsche, kämmte sich und kleidete sich an. Nachdem er sich den Bart gebürstet hatte, holte er den kleinen Handspiegel hervor, den er immer bei sich trug. Großartig sehe ich aus, dachte er. Einfach traumhaft!

Dann ging er frühstücken. Aber als der Herzog den Speisesaal der Goten betrat, verflog seine gute Laune. Denn auf dem Tisch lagen noch Brotkrümel und abgenagte Hühnerknochen vom Vortag, schmutzige Teller standen herum und halb geleerte Trinkbecher, in einer Schüssel mit Vanillesauce schwammen welke Salatblätter.

So eine Sauerei! Der Herzog war empört. Wo blieb sein Frühstück?

»Bella!« rief er. Und noch einmal: »Bella!«

Bella aber meldete sich nicht. Seit die Goten ins Dorf gekommen waren, hatte die Schneiderin von früh bis spät den Herzog bedienen müssen.

Sie hatte ihm das Brot geschnitten, die Serviette umgebunden, das Frühstücksei geköpft, die Schuhe gewichst, Hemden gebügelt, Essen gekocht, abgeräumt, abgewa-

schen, das Badewasser vorgewärmt und den Morgenrock glattgestrichen.

Und jetzt hockte sie neben dem Brunnen, hörte den Herzog rufen und kümmerte sich nicht um ihn.

Auf Zehenspitzen trippelte der Herzog auf sie zu, leise, um ihr einen gewaltigen Schrecken einzujagen. Na warte, dachte er, dir werde ich deine Flausen schon austreiben. Sitzt da gemütlich auf der Wiese und läßt sich die Sonne auf den Bauch scheinen, während ich auf mein Frühstücksei warte.

Gerade wollte er der Frau in den Hintern treten, da drehte sich Bella um, schaute den Herzog an und lachte vergnügt.

Der Mann bekam große Augen, riß den Mund auf und schnappte nach Luft. Bella hatte einen Bart bekommen!

»Mach den Mund zu, Herzog«, sagte Bella. »Es zieht.«

»Ja aber«, stammelte der Gote und deutete verstört auf den Haarkranz, schwarz wie Ebenholz, der Bellas Gesicht einrahmte.

»Wie du siehst, ist mir ein Bart gewachsen. Jetzt bin ich auch ein Herr.«

Der Herzog wollte zurück ins Haus laufen, um den andern von Bellas wundersamer Verwandlung zu erzählen. Aber dann zögerte er. Seine Freunde würden nur schadenfroh lachen, weil gerade seiner Dienerin ein Bart gewachsen war. Ihr höhnisches Meckern klang schon in seinen Ohren. Deshalb beschloß er, still zu sein und sich eine neue Dienerin zu nehmen.

Er schlenderte zum Platz, an dem der Palast gebaut wurde. Auf der Baustelle wollte er sich eine Frau aussuchen. Aber der Platz war leer.

Jetzt war der Herzog noch mehr beunruhigt. Sie werden doch nicht ausgerissen sein, dachte er.

Dann hörte er Stimmen. Drei Frauen gingen vorüber, ohne ihn zu grüßen. Aber das Schlimmste war, daß auch sie Bärte trugen, schwarze, gewaltige, buschige Bärte.

Da kippte er aus den Schuhen, sah farbige Kreise, besah sich den Himmel von der Erde aus. »Himmelkreuzblitzdonnerwetter!« rief er, rappelte sich auf und rannte, was seine Schnabelschuhe hielten, nach Hause.

An der Tür prallte er mit Tulga zusammen, schob ihn zur Seite und stürzte, ohne anzuklopfen, ins Schlafzimmer des Königs. Japsend stand er vor dem Bettvorleger, während Wamba hochfuhr.

»Bist du von Sinnen!« rief der König und zog sich sein Nachthemd über die Knie.

»Majestät«, keuchte der Herzog, »die Frauen!«

»Meuterei?« fragte Wamba und warf sich den Morgenrock über. »Befehlsverweigerung? Oder sind sie geflohen?«

»Schlimmer«, sagte der Herzog.

»Schlimmer?«

»Sie haben Bärte.«

»Bärte?« Der König verstand kein Wort.

»Ja. Bärte«, wiederholte der andere.

Wamba lief ans Fenster.

»Tatsächlich«, stöhnte er. »Der Herzog hat recht.«

Durch den Krach waren auch die anderen Goten wach geworden. Sie rauften sich um einen Fensterplatz und blickten verdutzt auf die bärtigen Frauen. Am meisten beeindruckte sie, daß sogar den Kindern kleine zottige Vollbärte gewachsen waren.

Abends feierten die Frauen ihre wiedergewonnene Freiheit. Salduba, die weißhaarige Alte, spielte auf der Fiedel zum Tanz auf.

Dann rückten sie die Tische im Gemeindehaus zu einer langen Tafel zusammen und schmausten, was Onoba gekocht hatte, Hammelfleisch, Wackelpudding und Melonen. Sie ließen Tina dreimal hochleben, weil ihr das mit den Bärten eingefallen war.

»So ein schlaues Mädchen«, sagte Malaka, die Scherenschleiferin, und Bella klopfte ihr anerkennend auf die Schulter.

Tina errötete und wußte nicht, wo sie hinschauen sollte.

»Es war reiner Zufall«, sagte sie.

»Keine falsche Bescheidenheit«, sagte Bella. »Ohne dich müßte ich jetzt die Schuhe des Herzogs putzen.«

Tina war froh, als sich die Frauen endlich von ihr abwandten und zu essen anfingen.

Es ist gar nicht so leicht, mit einem Umhängebart zu essen. Die Frauen hatten das nie geübt. Bella steckte sich mit einem Stück Fleisch auch eine Bartsträhne in den Mund. Onoba verfing sich mit ihrer Gabel im Bart. Die Scherenschleiferin gab nicht acht – schon hatte sie ihren Bart in die Bratensauce getunkt. Und überhaupt juckten sie höllisch.

Deshalb schlug Malaka vor, sie während des Essens abzunehmen.

»Warum nicht«, sagte Onoba. »Die Goten lassen sich ja nicht mehr blicken. Die sitzen in ihrem Haus.«

»Die schlafen längst«, sagte eine andere.

Also halfen sie einander aus den Bärten und hängten sie über die Stuhllehnen. Dann machten sie sich wieder über das Essen her.

Währenddessen hockten die Goten vergrämt in ihrem Haus. Sie droschen Karten und spielten Dame, und als Wamba zum fünften Mal hintereinander verloren hatte, begann er, die anstehende Arbeit unter seinen Untertanen zu verteilen.

Einer sollte das Wasser vom Brunnen holen, ein zweiter das Frühstück kochen, ein dritter das Mittagessen, der vierte das Nachtmahl. Der Graf sollte abtrocknen, der Herzog fischen gehen. Teudegisel mußte Ziegen und Schafe hüten, Tulga Pillen drehen.

Wamba würde natürlich nichts arbeiten.

»Ich bin euer König«, sagte er. »Das reicht wohl.«

Der Wind wehte vom Gemeindehaus Fetzen der Tanzmusik herüber, Gelächter und nach einiger Zeit auch Bratenduft.

Teudegisel schnupperte und wetzte unruhig hin und her. Er hatte gewaltigen Hunger, weil er den ganzen Tag noch nichts in den Magen bekommen hatte. Die Frauen hatten ihn nicht mehr bedient, und selber kochen konnte er nicht. Ein Dichter kocht nicht, dachte er. Kochen macht das Dichten sauer.

Jetzt setzte ihm der Geruch stark zu. Das Wasser lief ihm im Mund zusammen, und beim Gedanken an eine saftige Hammelkeule begannen seine Nasenflügel zu zittern. Sein Magen knurrte wie ein Kettenhund.

»Hast du was gesagt«, bellte der Herzog zurück.

Auch der Herzog war schlechter Laune. Daß er Fische fangen sollte, war ja noch zu ertragen. Fischen ist eine Kleinigkeit, dachte er. Ich hänge einfach einen Wurm ins Wasser, mache die Angel am Ufer fest und leg mich aufs Ohr.

Trotzdem war er vergrämt. Ohne es sich einzugestehen, sehnte er sich nach den weichen, rosigen Wangen der Frauen. Zu gern hätte er sie einmal gestreichelt! Sein Stolz hatte es ihm nicht erlaubt, und jetzt war es zu spät. Jetzt sah er statt Bellas Pfirsichhaut den ungepflegten Schnauzer Teudegisels. Es war zum Aus-der-Haut-Fahren.

»Scher dich zum Teufel«, sagte er.

Der Hofdichter stand auf und schlurfte zur Tür. Draußen hob er die Nase. Fast gegen seinen Willen folgten Teudegisels Füße dem Bratengeruch, der wie eine Fahne vor ihm herwehte. So kam er bis ans Gemeindehaus. Dort blieb er stehen und überlegte, wie er zu einem Bratenstück gelangen könnte.

Das kann doch nicht so schwer sein, dachte er. Ich setze mich einfach zu den Frauen. Mit meinem Schnurrbart werde ich gar nicht auffallen.

Tatsächlich beachteten ihn die Frauen nicht, als er sich voller Vorfreude auf ein Nachtmahl in den Saal schlich. Er hatte Glück: Gleich neben der Tür fand er ein freies Plätzchen.

Teudegisel wollte gerade zu essen beginnen, da sah er in die Runde. Alle Frauen saßen bartlos wie eh und je auf ihren Stühlen. Sie redeten und schmatzten und achteten nicht auf ihn.

Der Hofdichter erstarrte. Dann stahl er sich davon und

trabte zurück ins Gotenhaus. Dort erzählte er, was er gesehen hatte. Bartlose Frauen, Stuhllehnen mit Bart.

Die Frauen gingen erst lange nach Mitternacht schlafen.

Früh am nächsten Morgen wurden sie durch heftiges Pochen aus dem Schlaf gerissen.

»Steht auf, ihr Faulpelze!« riefen die Goten.

Hastig banden sich die Frauen ihre Bärte um und öffneten die Türen.

»Was ist denn los?«

»An die Arbeit! Aufräumen, Frühstück kochen, Palast bauen!«

»Wieso? Habt ihr denn vergessen, daß uns Bärte gewachsen sind?«

»Gewachsen!« höhnten die Goten. »Runter mit euren Handbesen!«

»Die gehen nicht runter«, sagte Onoba. »Die sind angewachsen.«

»Was du nicht sagst.«

»Doch. Sie sind echt.«

»Das werden wir ja gleich sehen.«

Und ehe sich die hübsche Müllerin versah, zog ihr der König mit einem kräftigen Ruck den Bart vom Gesicht.

Die anderen Männer grinsten.

»Ihr habt geglaubt, ihr könnt uns für dumm verkaufen!« rief Wamba. »Aber dazu müßt ihr früher aufstehen. Und jetzt an die Arbeit! Der Palast muß bald fertig sein.«

4. Kapitel

Ein Fremder taucht auf
Hiebe tun weh

Eines Morgens erwachte Wamba aus schweren Träumen, mit ausgedörrter Kehle und einer zum Platzen gefüllten Blase, weil er bis spät in die Nacht hinein gezecht hatte. Jetzt hatte er es eilig, sein königliches Wasser abzuschlagen. Mit kurzen, trippelnden Schritten steuerte er das Gotenklosett an.

Aber gleich auf der obersten Stufe trat er sich auf den langen Bart. Er stolperte, wollte sich am Geländer festhalten, griff ins Leere und kollerte die Treppe hinunter.

Glück im Unglück. Er hätte sich den Hals brechen können, blieb aber bis auf einige Schrammen unverletzt.

Wamba überlegte: Damit ihm solch ein Unfall nicht wieder zustoßen konnte, brauchte er schleunigst eine Bartträgerin. Verläßlich, pünktlich und diskret. Aber keine von den Frauen meldete sich zu diesem Ehrenamt. Nur Tina dachte, besser den Bart des Königs hüten als auf dem Bauplatz Mörtel anrühren.

So mußte sie von jetzt an Wambas Bart tragen. Das war nicht einfach. Dem König vorangehen durfte sie nicht, es wäre gegen seine Würde gewesen. Sie versuchten, nebeneinander zu gehen, rechts der König, links das Mädchen, dazwischen der Bart. Das klappte nur, solange kein Baum im Weg war, dem Wamba auf der einen, Tina auf der anderen Seite auswich. Einmal begegnete ihnen die hübsche Onoba, Mehlsack geschultert, Augen auf dem Boden, stapfte geradewegs zwischen Tina und dem König hindurch, fiel über den Bart, strampelte und verhedderte sich in den Barthaaren. So ging es also nicht.

Endlich fanden sie eine Lösung. Tina flocht den Bart zu zwei langen Zöpfen, die sie mit rosa Schleifen zusammenband. Wenn sich der König zu einem Spaziergang aufraffte, warf er sich die Zöpfe rechts und links über die Schultern, und das Mädchen folgte ihm in einem Respektabstand von fünf Schritt und trug die beiden Bartzipfel wie die Schleppe eines Kleides.

Wamba war zufrieden. Das ganze Dorf unterwarf sich seinen Befehlen. Außerdem war sein Gliederreißen deutlich besser geworden. Die Luftveränderung, dachte er, hat mir gutgetan.

Die Frauen und Kinder dagegen sahen immer schlechter aus, waren abgehetzt und niedergeschlagen.

Eines Tages wollte Wamba eine neue Krone haben. Die alte tat es nicht mehr; sie war ihm zu schäbig.

»Eine neue Krone«, sagte er. »Aus purem Gold.«

»Wir haben kein Gold«, sagten die Frauen.

Er glaubte ihnen nicht und ließ alle Häuser durchsuchen. Aber die Goten fanden kein Körnchen.

Die Frauen hatten sich nie viel aus Gold gemacht.

»Gold kann man nicht essen«, sagte Bella, die Schneiderin. »Man kann es nicht anziehen, und mit Gold kann man sich nicht zudecken. Außerdem glänzt es so stark, daß die Augen schmerzen.«

»Alles Lügen«, rief Wamba. »Gold bringt die Augen

FIORA

zum Leuchten, und es rückt den, der es hat, erst ins rechte Licht. Ich erteile euch hiermit den königlichen Befehl, Gold herbeizuschaffen. Und wenn ich binnen einer Woche keine neue Goldkrone habe, stecke ich dich ins Gefängnis.«

Die Frauen machten sich auf die Suche. Sie wuschen die Steine im Fluß und hackten ein Loch in den Felsen, der mitten im Wald steil aufragte.

Inzwischen schrieb Teudegisel bereits an einem Gedicht über die neue Krone des Königs.

Aber die Frauen fanden kein Gold.

Wamba tobte.

»Ihr habt euch meine Zuneigung verscherzt«, donnerte er. »Ihr habt meine Geduld mißbraucht.«

Und er ließ Bella ins Gefängnis werfen.

Das Gefängnis war der Hühnerstall auf der Rückseite des Gemeindehauses. Auf dem gestampften Lehmboden lag ein Brett, auf dem durfte die Gefangene schlafen. Auf den Stangen über ihr hockten nachts die Hühner, die tagsüber frei herumliefen. Bella aber mußte die ganze Zeit im Verschlag sitzen. Wenn ich lang hier sitze, dachte sie, lege ich eines Tages noch ein Ei. Oder ich fang an zu gackern.

Die Frauen verzweifelten.

Da begab es sich, daß eines Tages, zur Zeit der Apfelblüte, ein Fremder ins Dorf kam. Es klirrte, als er von seinem Gaul stieg, denn er trug Panzerhosen, Brustharnisch, darunter ein Kettenhemd. Sein schartiges Schwert war so schwer, daß es zwei Frauen gemeinsam nur mit viel Mühe heben konnten.

Die Frauen bewirteten den Fremden. Während er tüchtig zugriff, umringten sie ihn neugierig.

Nach dem letzten Bissen rülpste er, schob den Teller von sich, holte einen eisernen Zahnstocher aus seiner Panzerhosentasche und stocherte damit zwischen den Zähnen.

»Wer bist du«, fragte Onoba. »Und woher kommst du?«

»Von überall und nirgends«, sagte der Fremde. »Mein Name tut nichts zur Sache. Er ist schwer zu behalten, auch wenn er alle Bösewichter in Angst und Schrecken versetzt.«

»Und was machst du den ganzen Tag?«

»Mich trägt's durch die Welt«, sagte er, »hierhin und dorthin. Wo man mich braucht, kämpfe ich. Auf Bestellung, gegen Räuber, Menschenfresser und Ungeheuer. Meine Spezialität sind Drachen. Gibt es in der Nähe vielleicht einen Drachen?«

Die Frauen schüttelten die Köpfe.

»Das hätte mich auch gewundert«, sagte der Fremde aufatmend. »Sind doch fast alle ausgestorben.«

Er sah in die Runde.

»Etwas bedrückt euch«, sagte er, »ihr seht so traurig und erschöpft aus. Vielleicht ist doch ein Ungeheuer in der Nähe, das euch das Leben schwermacht? Sagt es mir, und ich befreie euch davon.«

Da erzählte ihm Onoba von den Goten – wie sie gekommen und freundlich aufgenommen worden waren, wie sie die Gastfreundschaft aber schlecht vergolten und die Frauen unterworfen hatten.

Als sie die Geschichte von den falschen Bärten erzählte,

unterbrach sie der Fremde. Er strich sich über seinen Bart, denn auch er trug einen, und sagte: »Das habt ihr natürlich falsch angestellt. Gegen die kann man sich nur mit Waffen wehren.«

»Wir haben aber keine Waffen«, sagte die hübsche Müllerin.

»Dann eben eins auf die Birne geknallt«, sagte der Fremde. »Gut geprügelt ist halb gewonnen.«

Und er fragte nach den Goten.

»Die sind heute an den Fluß gegangen, schwimmen. Aber sie kommen bald zurück. Denn heute abend wollen sie ein Fest feiern, weil ihr neuer Palast fertiggeworden ist.«

»Ein Fest? Trinken sie?«

»Und ob«, sagte Tina. »Sie saufen wie Mühlräder.«

Der Fremde zog seinen Zahnstocher aus dem Mund, betrachtete ihn nachdenklich, wischte ihn ab und steckte ihn zurück in die Hosentasche.

»Ich weiß euch einen Rat«, sagte er dann. Er winkte die Frauen näher heran und flüsterte: »Wir warten, bis sie sternhagelvoll sind. Wenn ich euch ein Zeichen gebe, stürzt ihr euch auf sie. Alles andere ist ein Kinderspiel.«

Die Frauen wußten nicht recht, was sie von seinem Vorschlag halten sollten. Doch da sie keinen anderen Ausweg wußten, willigten sie schließlich ein.

»Aber nun zum Geschäftlichen«, sagte der Fremde. »In dieser Welt ist nichts umsonst. Ich habe meine Unkosten – das Pferd frißt mich noch arm und dämlich, der Harnisch muß frisch eingefettet werden, das Schwert tut's auch nicht mehr lange.«

»Wir haben nicht viel«, sagte Onoba, »aber was wir haben, wollen wir dir gern geben. Deinen alten Gaul tauschen wir gegen einen klugen Esel ein, die Rüstung bringen wir auf Hochglanz, und das Schwert schärft dir Malaka, daß du damit ein Haar spalten kannst.«

Der Fremde räusperte sich.

»Habt ihr denn kein Gold«, fragte er.

»Nicht ein Stäubchen.«

Und die Frauen erzählten ihm, daß sie eine ganze Woche lang auf Befehl der Goten danach gesucht hatten.

Da wurde der Mann stutzig. Wenn die kein Gold haben, dachte er, sollen sie doch selbst schauen, wie sie zurechtkommen.

Laut aber sagte er: »Ich werde mich bei den Goten umsehen. Haltet euch bereit. Wenn ich pfeife, geht's los. Mit meiner Hilfe werdet ihr den Kampf gewinnen.«

Mit diesen Worten schwang er sich aufs Pferd und trabte zum Fluß.

Am Ufer lagen die Goten und ließen sich bräunen.

»Wo ist euer König?« fragte er.

»Majestät belieben auf der Sandbank zu ruhen«, erhielt er zur Antwort.

Wamba trug einen gestreiften Badeanzug, aus dem Arme und Beine ragten. Seine Nase war krebsrot, weil er schon seit dem Frühstück in der Sonne lag. Den Bart hatte er sich wie einen Turban um den Kopf gewickelt.

Der Fremde stieg ab und wankte in seiner schweren Rüstung auf den König zu.

»Geh mir aus der Sonne«, rief ihm Wamba entgegen. »Und sag, wer du bist und was du willst.«

»Mein Name tut nichts zur Sache«, antwortete der andere und schob sein Visier hoch. »Ich bin dreifacher Weltmeister im Drachentöten. Ich verstehe zu kämpfen, egal gegen wen.«

»Dann such dir ein anderes Dorf«, sagte der König. »Das hier ist der friedlichste Ort auf Erden.«

»Da haben mir die Frauen aber etwas ganz anderes erzählt.«

Wamba lachte.

»Die sollen froh sein, daß sie uns dienen dürfen. Von denen droht keine Gefahr. Viel zu schwach.«

»Täusch dich nicht«, sagte der Drachentöter. »Es könnte ihnen jemand beistehen.«

»Wer denn?«

»Ich zum Beispiel. Schau dieses Schwert an. Rostfreier Edelstahl. So eins hast du noch nie gesehen. Es hat schon 37 Drachen, 16 Menschenfresser und neun geschwänzte Seeschlangen zur Strecke gebracht. Wo ich hinhaue, wächst kein Gras mehr.«

Wamba schwieg eine Weile.

Dann sagte er: »Laß die Frauen aus dem Spiel. Wir regeln das unter uns.«

»Und wie«, fragte der andere.

»Ganz einfach. Ich ernenne dich zum königlichen Drachentöter. Du brauchst nicht zu arbeiten, wirst vorn und hinten bedient, bekommst eine Drachentöterzulage und siehst zu, daß im Dorf Ruhe und Ordnung herrscht.«

Der Fremde überdachte das Angebot, dann willigte er ein.

»Unter einer Bedingung«, sagte er. »Drachentöter, das

klingt nicht so gut. Mach mich zu deinem Ersten Minister. Das ist das richtige Amt für mich.«

»Einverstanden«, sagte Wamba. »Und jetzt erzählst du mir, was die Frauen im Schilde führen.«

Da verriet der frischernannte Minister, was für den Abend geplant war.

Wamba grinste.

»Die werden sich wundern«, sagte er.

Abends ließen die Goten zehn Fässer Wein in den neuen Palast rollen. Sie schlugen ein Faß nach dem andern an und taten, als würden sie den Wein in sich hineinschütten, während sie in Wirklichkeit bloß an den Gläsern nippten. Sie machten einen Heidenlärm, grölten, sangen, lallten, ehe sie allmählich verstummten.

Da nahmen die Frauen vor dem Palast an, daß die Goten stockbesoffen eingeschlafen seien. Heimlich befreiten sie Bella aus dem Hühnerstall. Dann warteten sie auf das Signal des Drachentöters.

Als sein Pfiff ertönte, stürzten sie sich auf die Goten. Aber die Männer sprangen hoch und teilten böse Hiebe aus.

Wer von den Frauen noch laufen konnte, lief davon. Die anderen blieben liegen, mit Brummschädel und zerrissener Bluse, und in den Händen hielten sie noch Bartbüschel, die sie den Goten ausgerissen hatten.

5. Kapitel

Tina hat's
Die Scherenschleiferin tritt in Aktion

Mit Beulen und Veilchenaugen, verschwollen und zerschrammt gingen die Frauen am nächsten Morgen daran, die Spuren des nächtlichen Kampfes zu tilgen.

Sie mußten den Goten kalte Umschläge und dicke Verbände anlegen, obwohl die Männer wenig abbekommen hatten. Den Frauen aber tanzten immer noch Sterne vor den Augen, und ihre Schädel dröhnten wie Donner.

Bella saß wieder im Hühnerstall, hinter Schloß und Riegel. Sie war auf den Herzog losgestürmt und hatte ihm eins auf die Nase gegeben, aber dann hatte ihr der Drachentöter mit seinem Panzerhandschuh zwei Zähne ausgeschlagen. Wenn sie lachte, konnte man die Lücke gut sehen. Nur, ihr war nicht zum Lachen zumute.

Sie lehnte an der Wand und sah durch das Gitter. Draußen stand ein Gote Wache, auf Befehl des neuen Ministers. Von Zeit zu Zeit spuckte Bella durch die Zahnlücke. Das geht ja prima, dachte sie, und gleich darauf dachte sie: Alles geht schief.

Wamba hätte am liebsten alle Frauen eingesperrt. Aber sein Erster Minister riet dringend davon ab.

»Wer soll uns dann bedienen?« sagte er. »Eine Gefangene ist genug. Zur Abschreckung.«

Das leuchtete dem König ein. Zufrieden rief er nach Tina. Das Mädchen mußte ihn frisieren.

»Ach, du mit deinem Bart«, seufzte sie. »Er wird immer länger und struppiger.«

»So soll es auch sein. Ich bin schließlich der König.«

Tina blieb mit dem Kamm in seinem verfilzten Bart hängen und riß daran, daß ihm Hören und Sehen verging.

»Zum Teufel!« schrie er. »Paß doch auf!«

Dann wollte er ein Gedicht hören. Er ließ Teudegisel zu sich bestellen. Der Hofdichter verneigte sich.

»Mein Abendgedicht«, befahl der König. »Gut gereimt und frisch gesprochen.«

»Auch das noch«, sagte Tina. »Zum Davonlaufen!«

»Ruhe!« rief Teudegisel. »Was verstehst du schon von Dichtung. Ohne Bart keine Kunst!«

Dann räusperte er sich, zwirbelte den Schnurrbart, leckte sich die Lippen und begann mit feierlicher Stimme seinen Vortrag:

»Erhabener König!
Ich schätze Euch, ich will's verraten,
Mehr als den besten Sonntagsbraten.
Der Goten Stolz seid Ihr auf Erden,
Glücklich, gesund, ohne Beschwerden.
Der lange Bart, der ewig währt,
Ist in der ganzen Welt geehrt.«

Wamba hatte lächelnd, mit geschlossenen Augen zugehört. Als Teudegisel schwieg, sagte er: »Nun! Ist das alles? Nur eine Strophe?«

Der Hofdichter machte ein bekümmertes Gesicht.

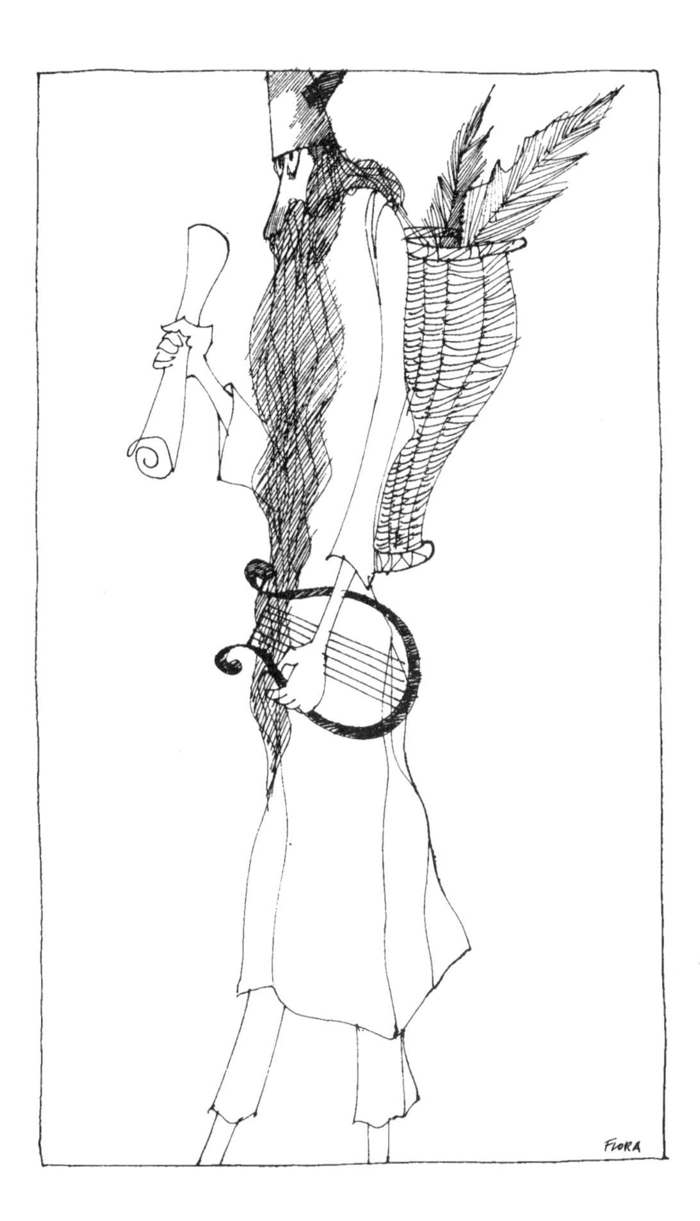
FLORA

»Gut Ding braucht Weile«, sagte er. »Für ein langes Gedicht war der Tag zu kurz.« Er hielt inne und wiederholte: »Tag zu kurz. Tag zu kurz. Natürlich!«

Er tippte sich an die Stirn und setzte fort:

»Der Tag zu kurz, der Tod zu lang,
Der Wurm zu kurz, der Strick zu lang,
Das Bein zu kurz, der Hals zu lang,
Das Kind zu kurz, der Mann zu lang,
Der Schlaf zu kurz, der Traum zu lang.
Des Königs Bart, er lebe-hoch!«

Siebenmal sieben Wochen gingen vorüber.

Die Goten hatten sich im Palast gut eingelebt. Abend für Abend gab der Erste Minister seine Geschichten zum besten und prahlte mit Abenteuern, die er von Mal zu Mal ausschmückte, bis ihm keiner mehr glaubte, nicht einmal der Graf, der zuerst ganz Ohr war. Nur Wamba war jedesmal aufs neue begeistert, wenn der Fremde von dreiköpfigen Drachen erzählte, von neunschwänzigen Schlangen, von Ungeheuern, deren giftiger Atem jedes Lebewesen im Umkreis von einer Meile tötete.

Die Frauen schufteten wie bisher. Manchmal wünschten sie sich, einfach abzuhauen, nachts, heimlich, aber ihr Stolz verbat es ihnen, auch fehlte ihnen die Kraft, anderswo ihr Leben neu zu beginnen.

Hin und wieder versammelten sie sich abends am Fluß. Dann erinnerten sie einander daran, wie sie früher gelebt hatten, ehe die Goten ins Dorf gekommen waren. Salduba, die Alte mit der Fiedel, wollte sich nicht mehr erinnern.

»Das tut weh«, sagte sie. »Besser, wir vergessen es.«

»Du hast recht«, meinte Onoba. »Ohne Bart sind wir schwach. Warum noch länger daran denken.«

Und sie nahm einen tüchtigen Schluck Wein.

Tina saß neben ihr und sah stumm aufs Wasser.

Plötzlich sagte sie: »Was wäre, wenn die Goten keinen Bart hätten?«

Da wurde es still in der Runde. Und gleich darauf redeten alle durcheinander: »Das wäre eine Sache!« – »Dann wird keiner mehr bedient.« – »Das wäre ja wie früher!«

Salduba sagte: »Quatsch. Die Goten haben nun einmal Wolle im Gesicht.«

»Und wenn wir sie davon erlösen«, fragte Tina.

»Wie stellst du dir das vor? Die sind ja viel stärker als wir.«

»Wir müssen es heimlich machen«, rief Tina. »Wenn sie schlafen. Gleich jetzt. Noch heute nacht!«

Aber die anderen waren schwer zu begeistern. Erst als Tina drohte, die Sache allein zu erledigen, faßten sie sich ein Herz, und während sie zurück ins Dorf gingen, wuchs allmählich ihr Mut. Sie rafften Messer und Scheren zusammen und liefen damit zum Haus der Scherenschleiferin.

Malaka hatte die Tür verriegelt. Sie schlief so fest, daß die gedämpften Rufe, mit denen sie Onoba und Salduba wecken wollten, nichts fruchteten.

Da hob die Müllerin Tina hoch, und das Mädchen kletterte durch die Luke. Es war stockdunkel, und so kam es, daß Tina beim Sprung ins Zimmer am Fußende von Malakas Bett landete.

Die Scherenschleiferin schnellte hoch.

»Wie, wo, was ist!« rief sie.

»Sei doch still«, flüsterte das Mädchen. »Ich bin's, Tina.«

»Ach, du«, murmelte die Frau, ließ sich wieder aufs Bett fallen und schnarchte weiter.

»Aufwachen!«

Tina rüttelte die Scherenschleiferin, ohne Erfolg. Dann klemmte sie ihr die Nase zu. Das half. Aber es dauerte noch eine ganze Weile, bis Malaka richtig wach war.

Sie rieb sich die Augen, während Tina die anderen hereinließ, und holte den Schleifstein aus der Ecke. Bald surrte das steinerne Rad, flink wetzte Malaka alle Scheren und Messer, die ihr die anderen reichten.

Als auch das letzte Messer scharf wie ein Grashalm war, konnte das Unternehmen beginnen.

Zuerst wollten sie Bella befreien. Der Wächter vor dem Hühnerstall schlief.

Er hatte lange gegähnt und dabei den Mund riesenweit aufgesperrt, wie ein hungriger Löwe, und seine Augen waren klein wie Nadelköpfe geworden. Gegen Mitternacht war er dann im Stehen eingeschlafen. Zuerst war ihm das rechte Auge zugefallen. Mit dem linken hatte er noch ein wenig geblinzelt, bevor er zu Boden sank. Jetzt schlief er mit ruhigen, tiefen Atemzügen.

Onoba huschte zum Gitter.

»Bella«, flüsterte sie.

»Was ist«, zischte die Schneiderin.

»Wir wollen dich rausholen.«

»Das ist doch Unsinn«, antwortete Bella. »Die Goten werden mich wieder einsperren. Und euch werden sie bestrafen.«

»Nichts werden sie«, sagte Onoba. »Laß das nur unsere Sorge sein.«

Sie schlich sich an den Wächter heran und tastete nach dem Schlüssel. Er trug ihn am Gürtel, so daß sie nicht umhinkonnte, den Lederriemen mit ihrem Messer durchzuschneiden. Sie zog den Schlüssel heraus, lief zurück zum Hühnerstall und sperrte auf.

Die anderen warteten im Haus der Scherenschleiferin. Als Bella und Onoba bei ihnen eintrafen, erhoben sie sich. Am Horizont zeigte sich schon das Grau des anbrechenden Tages, es war keine Zeit zu verlieren.

Zu Tina sagten sie: »Du bleibst hier. Es kann gefährlich werden.«

Aber das Mädchen sträubte sich.

»Ich will mitgehen«, sagte sie und stampfte mit dem Fuß auf. »Schließlich war es meine Idee.«

So ging es hin und her, bis Onoba ein Machtwort sprach.

»Tina kennt das Schlafzimmer des Königs besser als wir.«

Und Tina fügte hinzu: »Ich kenne auch den Bart des Königs besser als ihr.«

Das überzeugte die Frauen, und sie beschlossen, das Mädchen mitzunehmen.

6. Kapitel

Wamba fällt aus dem Bett und aus allen Wolken
Ohne Bärte keine Herren

Der Palast der Goten war nicht versperrt. Die Frauen stemmten das schwere Tor auf, eilten durch die Eingangshalle und huschten in die Schlafkammern, wo die Männer die Tonleiter rauf und runter schnarchten.

Malaka machte sich über den Herzog her, Onoba rasierte den Grafen, Bella seifte den Ersten Minister ein. Hatten sie einen Bart abgeschnitten, knöpften sie sich den nächsten vor.

Inzwischen hatte sich Tina hinauf in das Gemach des Königs geschlichen.

Wamba schlief auf dreiunddreißig Matratzen. So viele Untertanen hatte er, und er hielt sich über alle erhaben. Er lag weit oben, knapp unter der Zimmerdecke. Abends mußten ihm vier von seinen Männern die Gotenleiter machen. Der erste lehnte sich mit dem Rücken an das Bett und verschränkte die Hände, so daß sie dem zweiten als Steigbügel dienten. Der zweite stellte sich auf die Schultern des ersten und verschränkte ebenfalls seine Hände, damit der dritte Halt fand, wenn er hinaufstieg und sich auf die Schultern des zweiten stellte. Der vierte war der königliche Gesäßschieber; er schob, wenn Wamba auf den Männern nach oben kletterte. Und morgens sprang der König in ein Tuch, das die vier Goten aufspannten und festhielten.

Jetzt stand Tina in seinem Zimmer, blinzelte hinauf und kratzte sich den Kopf. Sie hatte nicht daran gedacht, wie sie den Matratzenturm erklimmen sollte. Da war guter Rat teuer.

Die Erleuchtung kam ihr erst, als sie den Bart des Königs betrachtete. Er hing weit herunter – wenn Tina hochsprang, bekam sie sein Ende zu fassen. Sie überlegte nicht lange, stopfte Seife und Rasierpinsel in die Tasche, steckte das Rasiermesser in den Gürtel, nahm die Schere zwischen die Zähne und turnte am Bart des Königs nach oben. Wamba ächzte und stöhnte im Schlaf, aber er wachte nicht auf.

Tina hockte sich neben ihn und klapperte mit der Schere.

»Jetzt ist es soweit«, flüsterte sie. »Dir werde ich nie mehr den Bart kämmen.«

Und sie schnitt ab, was abzuschneiden war. Zuerst das, was über den Bettrand hing, gut fünf Kilo Bart. Fiel nach unten, plumpste auf den Fußboden. Flink zuckelte die Schere die Brust hinauf, der Kragen von Wambas Nachthemd wurde sichtbar, dann der Hals, bald schimmerten Kinn und Wangen durch den lichten Bartwald. Jetzt spuckte Tina auf die Seife, verrührte sie mit dem Pinsel zu Schaum und seifte den König ein. Ohne mit der Wimper zu zucken, mit sicherer Hand, als hätte sie ihr Lebtag lang Goten rasiert, schabte sie ihm die Stoppeln vom Gesicht. Mit einem Zipfel des Lakens wischte sie den Schaum weg, weiße Haut darunter, zart wie ein Kinderpopo.

Der König schlief immer noch, mauzte gelegentlich auf, mußte dreimal niesen, weil ihm Seifenschaum die Nasenlöcher verklebte.

Ohne Bart war er nicht wiederzuerkennen. Ein sonniges Lächeln, dicke Lippen, runde Backen. Behutsam pustete ihm Tina die letzten Haare weg. Erleichtert schnaufte er auf.

Fast gerührt wandte sich das Mädchen ab und spähte nach unten. Sie wollte runter vom Bett, fand aber keinen Abstieg.

Die anderen hatten sie vergessen. Nachdem ihre Arbeit im Palast getan war, hatten sie sich aufgemacht, auch dem Hühnerstallwächter eine Rasur zu verpassen. Als Bella an das Mädchen erinnerte, winkte Onoba ab.

»Keine Sorge«, sagte sie. »Tina weiß sich zu helfen. Sicher sitzt sie schon zu Hause und wartet auf uns.«

Der Wächter lag immer noch vor dem Hühnerstall. Onoba seifte ihn gerade ein, als der Hahn zum ersten Mal krähte. Da schlug der Mann die Augen auf, schnellte mit einem Satz hoch und wollte sich auf die Müllerin stürzen. Sie sprang zurück, er hinter ihr her. Aber ohne Gürtel rutschte die Hose, geriet ihm zwischen die Beine, er stolperte, fiel und schlug mit dem Kopf auf. Hob ihn noch einmal, verdrehte die Augen und gab keinen Mucks mehr von sich.

Onoba untersuchte ihn.

»Nichts Schlimmes«, sagte sie. »Platzwunde, bewußtlos. Holt Wasser und Verbandszeug.«

Nachdem sie das Blut gestillt und den Kopf verbunden hatte, rasierte sie ihm den Bart ab. Dann versammelten sich die Frauen im Gemeindehaus.

Tina blieb verschwunden. Zu Hause war sie nicht und auch nicht im Haus der Scherenschleiferin.

Malaka wollte sie suchen gehen. Aber Onoba hielt sie zurück.

»Zu spät«, sagte sie. »Entweder hat sie es geschafft, oder alles war umsonst. Jetzt können wir ihr auch nicht mehr helfen.«

Im Schlafzimmer des Königs hockte Tina immer noch auf dem Bett. Sie pfiff ein Lied, während sie dem Mann, aus Langeweile, nun auch die Zehennägel schnitt.

Als der Hahn zum dritten Mal krähte, begann sich Wamba zu räkeln. Dann zuckten seine Lider, und endlich schlug er die Augen auf.

»Guten Morgen!« rief Tina. »Gut geschlafen?«

Wamba sah sie erschrocken an. Dann rieb er sich die Augen. Ich träume, dachte er und schloß die Augen. Nach ein paar Sekunden öffnete er sie wieder.

»Ich träume noch immer«, murmelte er und kniff sich in den Bauch. Au, das tat weh. Die Sache war also ernst. Er stützte sich auf und brüllte: »Was treibst du in meinem Bett!«

»Reg dich ab«, antwortete Tina. »Sei lieber froh, daß ich dir die Zehennägel stutze.«

»Wie bist du hierhergekommen?«

»Ich bin an deinem Bart heraufgeklettert«, sagte das Mädchen.

»Was? An meinem Bart?«

Wamba griff nach seinem Bart, aber er griff ins Leere, vergaß, daß er auf dreiunddreißig Matratzen lag, sprang hoch und krachte gegen die Zimmerdecke. Halb benommen fiel er auf das Bett zurück.

Dann stürzte er sich auf Tina, packte sie an den Schultern und schüttelte sie: »Wo ist mein Bart! Was hast du mit meinem Bart angestellt!«

Tina lachte.

»Schau hinunter.«

Wamba beugte sich über den Bettrand. Als er den Bart unten liegen sah, schlug er die Hände über dem Kopf zusammen, bekam Übergewicht, ruderte hilflos durch die Luft und prallte auf den Fußboden.

Durch das Poltern erwachten die anderen Goten. Sie kamen die Treppe hochgestürzt und klopften an die Tür. Keine Antwort, nur ein schreckliches Stöhnen. Da nahm sich der Graf ein Herz und öffnete die Tür einen Spaltbreit. Er sah einen, der lag auf einem Haarhaufen und rieb sich den Hintern.

»Wer bist du«, herrschte er ihn an. »Was hast du im Gemach unseres Königs zu suchen? Sprich!«

»Was fällt dir ein!« keuchte Wamba. »Ich bin euer König. Strammgestanden!«

Die Männer glotzten ihn an.

»Majestät«, sagte Tulga verwundert. »Ihr habt ja eine Glatze am Kinn!«

»Halt's Maul«, erwiderte Wamba. »Schau dich lieber selbst an.«

Jetzt erst bemerkten die Goten, daß sie keine richtigen Goten mehr waren. Sie sahen einander an, mißtrauisch zuerst, ungläubig und verblüfft, dann prusteten sie los. Der Graf lachte über Tulga, und der über den Herzog, und der Herzog über den Ersten Minister. Teudegisel schmunzelte in sich hinein. Die Sache gab ihm Stoff für ein neues Gedicht, was heißt Gedicht, einen ganzen Roman wollte er darüber schreiben.

Da platzte der Hühnerstallwächter ins Zimmer. Mit

einer Hand hielt er seine Hose fest, mit der andern rieb er sich den Verband.

»Majestät«, schnaufte er noch im Laufen. »Majestät, die Gefangene ist entkommen.«

Dabei blickte er auf den Matratzenturm, da er annahm, daß der König noch schlief.

»Hier bin ich, du Esel«, sagte Wamba, der neben ihm stand.

Der andere riß die Augen weit auf.

»A-a-aber M-m-majestät«, stotterte er, »Eu-eu-euer Bart.«

»Der ist ab. Deiner übrigens auch, falls du es noch nicht gemerkt hast.«

Tina lachte.

»Ohne Bart kein Herr«, sagte sie. »Jetzt müßt ihr euch selbst bedienen.«

Da machten die Goten dumme Gesichter. Das dümmste Gesicht machte Wamba. Tina hatte recht. Daran gab es nichts zu rütteln.

Noch am gleichen Morgen begannen die Frauen zu feiern. Sie luden alle Fremden ein – Wamba und den Herzog, Teudegisel und Tulga, den Grafen und den Wächter und sogar den Ersten Minister, der sie so schändlich verraten hatte.

Sie tanzten den ganzen Tag und die ganze Nacht und den nächsten Vormittag. Salduba spielte auf der Fiedel, und die hübsche Müllerin kochte ein köstliches Mahl, Hammelfleisch, Wackelpudding und Melonen.

Am frühen Nachmittag des zweiten Tages, bald nach dem Essen, ehe Männer und Frauen an die Arbeit gingen, verließ der Drachentöter das Dorf. »Lieber allein als in schlechter Gesellschaft sein«, murmelte er, bestieg seinen Gaul und trabte davon.

Die Goten aber blieben. Da waren die rosigen Wangen der Frauen. Ihre vollen Lippen. Die verführerischen Grübchen. Und die heimliche Hoffnung, daß ihnen bald wieder ein Bart wachsen würde.

Wamba versuchte es mit vielerlei Kräutern, die ihm Tulga brachte, mit Honig und Hühnerdreck.

»Es ist nur eine Frage der Zeit«, sagte der Hofarzt.

Nach einer Woche sagte er: »Nur Geduld.«

Wieder eine Woche später meinte er: »Das geht nicht von heute auf morgen.«

Und nach einem Monat raunte er: »Ich höre den Bart schon wachsen.«

Aber das war ein Hörfehler. Keinem wuchs auch nur ein einziger Bartstoppel. Und mit der Zeit vergaßen die Goten, daß sie einst Bärte getragen hatten.

So wird es zumindest erzählt.

Inhalt

Erich Hackl im Diogenes Verlag

»Seine Fähigkeit, aus den zur Meldung geschrumpften Fakten wieder die Wirklichkeit der Ereignisse zu entwickeln, die Präzision und zurückgehaltene Kraft der Sprache lassen an Kleist denken.«
Süddeutsche Zeitung, München

»Mit seinem nüchternen Stil tritt Hackl an die Stelle des Chronisten: er ermittelt, rekonstruiert, beschreibt. Auf ihn trifft García Márquez' Postulat zu, wonach ein Schriftsteller politisch Stellung beziehen, vor allem aber gut schreiben muß.« *Siempre!, Mexiko-Stadt*

»Er zählt zur aussterbenden Population der Autoren mit Gesinnung. Und doch drängen seine poetisch-stillen und gleichzeitig politisch hochbrisanten Bücher stets zur Spitze der heimischen Bestsellerliste.«
Dagmar Kaindl/News, Wien

»Berichte aus einer nicht abgeschlossenen Vergangenheit: große zeitgenössische Literatur der Ernsthaftigkeit.« *Christian Seiler/profil, Wien*

Auroras Anlaß
Erzählung

Abschied von Sidonie
Erzählung

Materialien zu Abschied von Sidonie
Herausgegeben von Ursula Baumhauer

König Wamba
Ein Märchen. Mit Zeichnungen von Paul Flora

Sara und Simón
Eine endlose Geschichte

In fester Umarmung
Geschichten und Berichte

Entwurf einer Liebe auf den ersten Blick
Erzählung

Hausbücher im Diogenes Verlag

»Diese Bücher sind Hausbücher,
das heißt, sie wollen wieder und wieder
zur Hand genommen werden,
wollen Grundstock kindlicher Bildung sein.«
Frankfurter Allgemeine Zeitung

Das große Liederbuch
Über 200 deutsche Volks- und Kinderlieder aus dem 14. bis 20. Jahrhundert, gesammelt von Anne Diekmann unter Mitarbeit von Willi Gohl. Alle im Originaltext und in der Originalmelodie. Illustriert mit über 150 bunten Bildern von Tomi Ungerer.

Das große Märchenbuch
Die 100 schönsten Märchen aus Europa. Gesammelt von Christian Strich. Mit über 600 Bildern von Tatjana Hauptmann.

Das große Sagenbuch
Die schönsten Götter-, Helden- und Rittersagen des Mittelalters. Nacherzählt von Johannes Carstensen. Mit vielen Bildern von Tatjana Hauptmann.

Das große Buch der Kinderreime
Die schönsten Kinderreime aus alter und neuer Zeit, Auszählverse, Spielgedichte, Abzählreime, Versteckstrophen, Kinderlieder, Schüttelreime, Rätselsprüche, aufgesammelt sowie etliche neu dazuerfunden von Janosch und illustriert mit über 100 farbigen Bildern.

Das große Katzenbuch
Die schönsten Geschichten, Gedichte und Aphorismen aus der Weltliteratur. Ausgewählt von Anne Schmucke, mit vielen Bildern von Tomi Ungerer.

Das große Beatrix Potter Geschichtenbuch
Aus dem Englischen von Ursula Kösters-Roth, Claudia Schmölders und Renate von Törne.

Das große Buch von Rasputin, dem Vaterbär
Das Riesenbuch vom Vaterbär. Sechsundsechzig Geschichten aus dem Familienleben eines Bärenvaters, erzählt und gemalt von Janosch.

Das große Reiner Zimnik Geschichtenbuch
Die schönsten Bildergeschichten des großen poetischen Zeichners und zeichnenden Poeten, seine melancholischen, zärtlichen und verträumten Märchen für Erwachsene und Kinder.